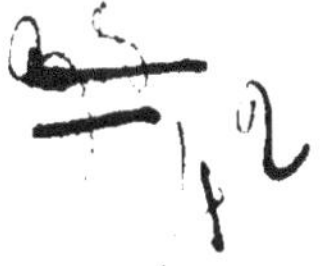

LE

POÈTE BOITEUX,

OUVRAGE INÉDIT.

PAR

P^re^-P^l^ POULALION,

de Montbazin (Hérault).

Corrigo ridendo !!!

SE VEND

CHEZ TOUS LES LIBRAIRES.

1841.

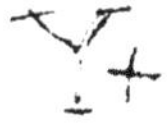

Montpellier, Imprimerie de Veuve Ricard.

LE

POÈTE BOITEUX.

LA NUIT AU FAUBOURG.

à MM. les Voyageurs.

Après tant de travail, de tracas, de tapage,
Sans vous parler des frais de votre lourd bagage,
Vous savez, voyageurs, combien douce est la nuit,
Combien doux le repos dans l'hôtel, loin du bruit,

Dans un bon lit couchés, enfoncés dans la plume,
Surtout si, tourmentés par un dangereux rhume,
La fille officieuse et leste à vous servir,
Vous donne un lait de poule avant d'aller dormir !
   Oui ; mais moi, qui toujours voudrais vous être utile,
Je dois vous avertir d'aller coucher en ville,
Soit au grand Galion, chez Madame Goudard,
Ou dans tout autre hôtel, si vous vous couchez tard.
Et même, croyez-moi, logez sur le derrière ;
Sinon, vous n'auriez pas bien fermé la paupière,
Qu'il faudrait la rouvrir, pour ne plus la fermer.
Par le récit suivant, je vais vous l'affirmer.
   Quand j'eus l'heureux malheur de n'avoir plus de place,
Me voyant à la rue avec la populace,
Je pris tout bonnement, au plus bas du faubourg,
Le plus honnête hôtel, un petit Luxembourg.
Ailleurs, et non point là, sont la honte et l'opprobre !...
Si naturellement l'on est frugal et sobre,
Un tout mince souper satisfait l'appétit.
   Plus content de trouver mon repos dans le lit,
Je demande bientôt le bout d'une chandelle.
La fille, avec la clé de ma chambre nouvelle,
Après avoir monté deux longs rangs de degrés,
Où, pour marcher de front, deux seraient trop serrés,
Au bout d'un corridor, m'ouvre une étroite porte,

Et me laisse tout seul. Maintenant peu m'importe,
Pourvu que jusqu'au jour on me laisse dormir :
C'est tout ce qu'il me faut, c'est là tout mon désir.
Quand on est fatigué, bien courte est la prière,
Surtout si, par malheur, durant la nuit dernière,
L'on n'a pu fermer l'œil, dans un lit pliant dur,
Sur un seul matelas, la tête contre un mur,
Où le vent du midi, Borée avec Éole,
Plus vifs, plus tapageurs que vingt mutins d'école,
Se battaient fortement, sans pause ni repos.
Dans mon vieux baldaquin, je tenais ce propos,
Que l'éteignoir encor fumait sur la lumière.
Je fermais lentement ma pesante paupière,
Quand frappé par le bruit de quelques gros sabots,
Je compris aisément, à d'indécents propos,
Que ces joyeux mutins, dans la maison voisine,
Cherchaient d'autres plaisirs que ceux de la cuisine !
C'est qu'après un festin, le compère Bacchus
Inspirant ses ardeurs pour les belles Vénus,
Les nombreux compagnons de ce dieu des vendanges,
Montaient et descendaient, bien plus lourds que les anges
Qu'en songe Jacob vit, montant et descendant,
Sur l'échelle céleste ! A la fin, cependant,
Ces drôles, harassés d'un si dur exercice,
Finiront tout ce train ! Autrement la police !...

Les crieurs de la ville avaient sonné minuit.
Lorsque, chez les voisins, enfin cessa le bruit.
Inquiet, fatigué de ces bruyantes veilles,
J'enfonce mon bonnet plus bas que les oreilles,
Et je m'en vais dormir tourné du côté droit.
Je crois qu'en ce moment j'aurais dormi tout droit !
Mais voici qu'un soupir partant de la muraille,
Bien différent du train de l'impure canaille,
Frappe encor mon esprit, fait soupirer mon cœur.
Eh! mais, qu'ai-je entendu? quelque songe trompeur!...
Non ! un second soupir ! une voix féminine !
Oh ! comme ils sont touchants ! quelle est cette voisine ?
Jugez, mon cher lecteur, avec un tel réveil,
Comment être tenté par l'inerte sommeil ?
Oui, c'est bien là la voix de quelque demoiselle !
Mais, qu'aurait-elle donc ? que désirerait-elle ?
Si tu lui répondais par un profond soupir ?
Non : ne fais pas le fou. Tâche de t'endormir.
Je me tourne et retourne, et me retourne encore ;
Ces soupirs, ces désirs durent jusqu'à l'aurore.
Lorsqu'enfin, fatigués à force de bâiller,
Nous commencions, je crois, tous deux à sommeiller ;
Voilà que, tout à coup, une voix de tonnerre,
Traversant à la fois et le bois et le verre,
En sursaut me réveille en frappant mon cerveau.

Une minute après, j'entends crier : A L'EAU !
  Mais comment ! se peut-il ? le grand jour va paraître ?
C'est bien vrai ! le voilà ! fermons mieux la fenêtre ;
Tirons bien le rideau de ce vieux baldaquin :
Que je puisse dormir au moins tout le matin !
  Dans mon lit chaud rentré, bien couvert et tranquille,
Que tous les marchands d'eau viennent dans Cette, ville
Au milieu des canaux, des étangs, de la mer,
Je me moque bien d'eux et du chemin de fer !
Ayant ainsi rimé ma petite satire,
Après avoir souffert une nuit de martyre,
Je suppliais Morphée, en calmant mon courroux,
De verser sur mes yeux ses pavots les plus doux,
Lorsqu'un grand tintamarre, un bien plus grand tapage
Vient agacer mes sens, m'inspirer de la rage.
Un grand plein magasin d'habiles tonneliers,
Cent fois plus tapageurs que deux cents timbaliers,
Sur leurs nombreux cerceaux, avec leur lourde masse,
Frappent tous à l'envi, font du travail en masse !
Allons ! c'est inutile, on ne peut point dormir !
Il faut sauter du lit ! car à quoi bon gémir,
Soupirer et bâiller, et supplier Morphée ?
  Par la colère alors ma cervelle échauffée,
Je retire une jambe, et d'un grand tour de bras,
S'envolent couvre-pied, couvertures et draps.

C'est ainsi que doit faire un bon séminariste
Ou plutôt un fervent, un pénitent trapiste.
Dès qu'il entend tinter le réveille-matin,
Qui l'appelle à minuit pour l'office divin.
Me voilà donc levé. Mais quel est mon office ?
On ne veut plus de moi ! je suis hors de service !...
Ouvrons cette fenêtre. Eh ! je vois bien la mer !
Je vois la grande route et le chemin de fer !
Nous entendrons bientôt cette locomotive.
Sur tout cela, plus tard, il faudra que j'écrive :
Je veux des voyageurs amuser le loisir ;
Heureux si mon travail peut leur faire plaisir !
Je faisais ce projet, peut-être pas trop sage,
Lorsqu'entendant au loin, du côté de la plage,
Un bruit sourd, un long bruit, un grand bruit continu :
Le voilà l'animal au long cou si connu !...
On l'attend partout, brt ! il laisse tout derrière,
En moins d'une minute, il est dans la barrière.
Je n'entre pas ici dans un plus long détail
Sur le chemin de fer. Dans un autre travail !.......
Voyageurs, sachez bien que, cette nuit dernière,
Le Poète boîteux n'a fermé la paupière.

SERMONS

DU

TROISIÈME ÉTAGE.

SERMONS

DU TROISIÈME ÉTAGE.

PREMIER SERMON.

Contre le vice en général.

Passants qui me voyez à ce troisième étage,
N'ayez pas l'air au moins de m'en faire un outrage,
Et ne me croyez pas quelque honteux défaut.
Non : c'est tout bonnement pour y voir de plus haut.

D'ici je vois la mer, la ville, la montagne ;
Je vois le port, le môle, un peu de la campagne.
Quel plaisir! quel bonheur de loger au bel air !
On voit ce qui se passe et sur terre et sur mer.
Je vois sur le devant, je vois sur le derrière.
Au troisième je vois la simple couturière.
J'entrevois au second le docte médecin
Étudiant un art trop souvent assassin.
Mais au premier je vois les gentilles modistes !
Je vois enfin plus bas les habiles artistes,
Perruquiers, cordonniers, vaneurs, tailleurs d'habits,
Pâtissiers, confiseurs et leurs nombreux débits.
D'ici, dans un clin d'œil, je parcours la grand'rue,
Portant de tout côté ma curieuse vue.
Ainsi je me procure un plaisir peu coûteux,
Et personne ne voit si je marche boîteux !
Passants, vous voyez donc mon innocente ruse.
Mais croyez-vous qu'ici tout le jour je m'amuse ?
Vous ne savez donc pas qu'un entêté démon,
Pour me faire rimer, en dépit d'Apollon,
Après m'avoir chassé de mainte et mainte place,
M'a transporté si haut avec la basse classe !
Pour charmer mes loisirs, mes ennuyeux instants,
A ce rude travail je passe bien du temps,
Ayant souvent en main l'épais recueil des rimes

De mes faibles talents, vainement tu t'escrimes,
Malicieux démon, esprit audacieux !
Pour ton orgueil puni, précipité des cieux,
A tenter les mortels, maintenant tu t'efforces
Par des moyens adroits, de trompeuses amorces !
Malin ! voudrais-tu bien me loger au bel air,
Pour m'entraîner plus tard avec toi dans l'enfer ?
Va ! méchant ! je connais cette ruse infernale !
Bien loin de t'écouter, je veux sur la morale
Écrire désormais tant en prose qu'en vers,
Pour faire marcher droit ceux qui vont de travers ;
Et respectant le Dieu que le bon peuple adore,
De mon haut galetas, ma voix forte et sonore
Tancera les méchants, et défendra les bons.
Mon ange gardien, aidez-moi, commençons.
Commençons ! Mais comment crier contre le vice,
Lorsque, dans une ville encore tout novice,
Sur cent individus l'on n'en connaît pas un ?
Mon sermon, je le vois, serait inopportun.
Je ne ferai pas mal d'attendre trois semaines,
Pour parler savamment des misères humaines,
Qui ne manqueront pas de se montrer au jour,
Comme partout ailleurs, dans ce charmant séjour.
Oui ; mais en attendant, ainsi qu'un jeune apôtre
Qui, dans une paroisse installé par un autre,

Dans son premier discours, prêchant sur le salut,
Parle tout simplement de Dieu, de Belzébut,
Sans aller désigner, ni gourmander personne,
Ainsi, pour cette fois, s'il faut que je sermonne,
Je m'en vais discourir sur un point capital,
Je m'en vais attaquer le vice en général.
Passants, en attendant l'honneur de vous connaître,
Je commence aujourd'hui du haut de ma fenêtre.

O vous qui, visitant du matin jusqu'au soir,
Allez dans tous les lieux afin de tout savoir,
Sachez que le bon Dieu connaît toutes les ruses,
Et que dans l'autre vie il ne veut pas d'excuses.
Si vous marchez au nom de quelque autorité,
Intègres surveillants, qu'avec vous l'Équité
Porte partout ses pas, ainsi que la Concorde,
Rétablissez la Paix en chassant la Discorde.
Si vous vous laissez prendre aux appas de Vénus,
Ou bien si, fascinés par l'appât de Plutus,
Vous détournez les yeux de ces maisons du vice,
Et laissez autre part triompher l'injustice,
Sachez que le bon Dieu n'entendra pas raison,
Et qu'il vous jettera dans sa noire prison.

O vous qui de partout apportez de vos granges,
Les présents de Bacchus, le nectar des vendanges,
Évitez en chemin ces bruyants marchands d'eau,

Que vos pièces jamais ne touchent leur tonneau !
Outre qu'à votre vente ils porteraient obstacle,
Il vous est défendu d'opérer un miracle
Comme fit à Cana notre maître divin !
Que l'eau soit toujours eau, que le vin reste vin !
  O vous surtout, ô vous, diligentes laitières,
Qui venez si matin de vos humbles chaumières,
Dans vos cruches toujours que vos douces liqueurs
Soient, ainsi que Dieu veut, pures comme vos cœurs ;
Que dans toute saison, même dans le Carême,
Votre lait soit couvert d'une toile de crême.
  Que vous dirai-je à vous, marchandes de charbon ?
D'où l'avez-vous tiré ? du riche Puéchabon?
De l'antique Murviel ? S'il contient mainte pierre,
Je sais que, fabriqué sous des monceaux de terre,
Il n'est pas étonnant d'y voir quelques cailloux ;
Mais puis, après l'achat ?.... bref, prenez garde à vous !
Vous ne sauriez de Dieu tromper la vigilance ;
Un jour tout passera par sa juste balance !
  J'en dis autant à vous, marchands et revendeurs,
Commis, négociants, ouvriers, navigateurs,
Épiciers, cafetiers, hôteliers, aubergistes,
A vous tous, magistrats ! prêtres, docteurs, légistes !
Ah ! ça, mais, direz-vous, quel est ce raisonneur,
Qui, chez nous, ose ainsi faire le sermonneur ?

Nous souffririons ce ton tout au plus dans un prêtre !
Mais qu'un nouveau venu, du haut d'une fenêtre,
Vienne, sans mission, nous parler de devoir,
Et s'érige en censeur ! c'est ce qu'on ne peut voir,
Ce qu'on ne peut souffrir dans notre bonne ville !

Passants, que mon sermon n'échauffe votre bile.
Laissez-moi, s'il vous plaît, débiter mes sermons,
Parler de Dieu, du ciel, des enfers, des démons.
Vous ne savez donc pas qu'au petit séminaire,
Dans le pieux dessein d'être missionnaire,
Trois fois je suis entré, quand Dieu m'a converti ?
Et que, si pour toujours enfin j'en suis sorti,
Ne pouvant composer un sermonnaire en prose,
Poussé par l'esprit Saint, ici je me propose,
Tel qu'un nouveau David, de sermonner en vers ?
Je pourrai, comme lui, parler de mes revers.....
Passants, une autre fois, je vous ferai connaître
Mes tribulations. Je ferme ma fenêtre.

TROISIÈME SERMON.

Sur la Vanité.

AUX DAMES.

Mesdames, jusqu'ici, contre ce gros péché,
Bien d'autres, avant moi, vous ont souvent prêché;
Mais vainement : à peine êtes-vous dans la rue,
Que vous oubliez tout, et vous perdez de vue
Que ce maudit péché, source de tous les maux,
Précipita des cieux les anges les plus beaux !
Mesdames, aujourd'hui que d'anges, sur la terre,
Du faîte des grandeurs tombent dans la misère,
Victimes de l'orgueil et de la vanité !
Mais les anges, au ciel, tout brillants de beauté,
N'étaient point dévorés d'une chagrine envie ;
Il n'existait entre eux la moindre jalousie.

Ce fut long-temps après qu'échappé de l'enfer,
Le prince des démons, le jaloux Lucifer,
Forma le noir projet de perdre, par des pommes,
Ève, Adam, leurs enfants, en un mot tous les hommes.
Mesdames, aujourd'hui les esprits infernaux,
Aux pommes de l'Éden, joignent vos beaux chapeaux !
Vous ne comprenez pas ce que je veux vous dire !
Et peut-être déjà vous étouffez de rire !...
Patience ! un moment ! écoutez mon sermon,
Et puis vous vous direz si j'ai tort ou raison.
  Depuis que j'ai l'honneur d'habiter cette ville,
Me voyant sans emploi, voulant vous être utile,
Je formai le projet de sermonner en vers,
Pour redresser un peu ceux qui vont de travers (1).
Mesdames, ce n'est pas que vous ne marchiez droites.
Oh ! certainement non : vous êtes trop adroites
Pour vous laisser aller comme des dindonneaux !...
Vous me comprenez bien !! j'en viens à vos chapeaux.
  Je dois dire d'abord que, depuis peu d'années,
L'on a pu voir ici des Dames chapeau-nées.
On ne voyait partout que coiffes, que bonnets,
Même assez sans façon, sans rubans, sans bouquets ;
Et, s'il faut l'avouer, ces modestes coiffures

(1) Un boiteux ? C'est assez plaisant !!!

N'allaient pas mal à l'air de vos brunes figures !
Mais enfin nous savons que, sous le firmament,
Tout n'est que vanité, tout n'est que changement.
« Eh bien ! me direz-vous, que voulez-vous donc dirrre ?
Que prrrétendez-vous donc ? Voudrrriez-vous interrrdirrre
L'usage des chapeaux qui nous parrrent si bien ?
Vous n'y parrrviendrrrez pas, vous n'y gagnerrrez rrien ! »
Mesdames, vous errez ! Loin de vous le défendre,
Je conseillerais fort à toutes de les prendre.
Si Dieu veut m'écouter, toutes le porteront,
Le faisant avancer un peu plus sur le front :
Les figures alors seraient bien plus modestes,
Et pour notre salut deviendraient moins funestes.
Que de mortels, hélas ! par vos fronts et vos yeux,
Sont exclus pour toujours du royaume des cieux !
Aussi, Jésus a dit que, pour un adultère,
Il ne s'agissait pas seulement de parfaire,
Mais de vous regarder dans un mauvais dessein.
Cachez donc votre front, couvrez mieux votre sein !
Mesdames, à ces mots, vous êtes si honteuses !.....
Pour vos chapeaux surtout soyez moins vaniteuses :
Ne les chargez pas tant de fleurs ni de plumets.
Contre celles encor qui portent des bonnets
Ne concevez jamais la moindre jalousie,
Si de porter chapeaux elles avaient l'envie.

C'est surtout sur cela que je viens vous prêcher.
Mesdames du grand ton ! qu'allez-vous reprocher
Aux Dames comme vous qui, pour votre coiffure,
Naguère ne portiez qu'un bonnet pour parure ?
Voyez donc jusqu'où va la sotte vanité !
Pour la première fois, quand vous l'avez porté,
Auriez-vous bien voulu, de vos fines oreilles,
Entendre à vos côtés des sottises pareilles ?
Je vais vous rapporter ce que, sans le vouloir,
Moi-même j'entendis sur cela, l'autre soir.
Deux Dames discouraient sur les modes récentes.
La vieille seulement les trouvait indécentes.
« Les coiffes, les bonnets, dit-elle, trop ouverts,
Font trop voir les cheveux, les fronts trop découverts ;
Il vaut mieux les chapeaux que toutes ces coiffures. »

LA JEUNE.

Oh ! non ; pardon, Madame : aux belles chevelures
Le bonnet sied bien mieux que notre grand chapeau !
Sans doute ce costume est plus riche et plus beau ;
Et c'est pour cela seul que ces jeunes grisettes,
Aujourd'hui plus que nous élégantes, coquettes,
Voulant se donner l'air de dames de grand ton,
Mettent chapeau, malgré tous les qu'en dira-ton !
C'est une indignité de voir toutes ces filles,

Sans éducation, et d'obscures familles,
Passer à nos côtés d'un air fier, dédaigneux ;
Affecter tout exprès des gestes gracieux ;
Avancer gravement, l'écharpe sur l'épaule,
Ainsi que le curé qui porte son étole,
Et la laisser tomber plus bas que les genoux,
Et tout faire, en un mot, peut-être mieux que nous !

LA VIEILLE.

Je le sais bien, hélas ! que voulez-vous y faire ?
Aller les critiquer ? ce n'est point notre affaire ;
Nos discours, sur cela, seraient vains, superflus.
Laissons donc courir l'eau : le temps passé n'est plus !

LA JEUNE.

Madame, je le sais ; mais c'est désagréable !
C'est que tous ces gens-là sont d'un luxe effroyable !
Ce luxe est étalé dans leurs appartements ;
Tout est du dernier goût dans leurs ameublements.
Nous ne saurions comme eux faire tant de dépense :
Nous n'y pourrions tenir ! non, Madame, et je pense
Que chez nous maintenant, loin de les imiter,
Dans le pur nécessaire il faut nous limiter !

LA VIEILLE.

Ma chère, comme vous, j'éprouve cette peine :

Pour moi c'est un tourment de vivre dans la gêne :
Mais que faire à présent, en voyant tout cela ?
Il faut laisser agir, et nous, en rester là.

LA JEUNE.

En rester là ! comment ? qu'entendez-vous, Madame ?
Pour la parure ? ah ! non : j'ai trop de grandeur d'âme !
Moi, me voir surpasser ! ah ! non ! pour les chapeaux,
Ces grisettes jamais n'en mettront de plus beaux !
Et dussé-je plutôt retrancher de ma table,
Pour les chapeaux je veux être l'inimitable !
Ces grisettes jamais ne m'auront le dessus !
Ce serait une horreur que tant de parvenus
Vissent avec orgueil leurs jeunes demoiselles
Rechercher tous les goûts, et les modes nouvelles,
Et que nous ne pussions......

LA VIEILLE.

Madame, c'est assez.
A déclamer contre eux en vain vous vous lassez.
Eh ! pourquoi reprocher aux Dames parvenues,
La naissance ou le rang d'où nous sommes venues ?
Si leurs parents aussi, des notres concurrents,
Ont su se ramasser quelques milliers de francs.
N'ont-elles pas le droit de changer de coiffure,

De mettre les chapeaux, et même la ceinture ?
Je vous demande un peu si, quand nous l'avons mis,
Nous voyant en chapeau, quelqu'un s'était permis
D'aller nous censurer pour cette bagatelle,
Si nous n'aurions pas dit qu'il tournait la cervelle ? »

La jeune allait encor reprendre les chapeaux,
Quand quelqu'un s'approchant dans l'ombre des ormeaux,
Le petit comité fit une courte pause,
Et dès lors l'entretien roula sur autre chose.

Mesdames, vous voyez que la vieille a raison.
Soit donc que vous soyez d'une ancienne maison,
Que telle ou telle soit de maison parvenue,
Qu'elle porte chapeau, qu'elle aille tête nue,
Laissez donc courir l'eau ! Pas un mot outrageant !
Que chacune soit libre, et qu'avec son argent
Elle dicte son goût chez l'adroite modiste.

Pour moi, qui, parmi vous, ne suis que moraliste,
Je désire ardemment que, toutes en chapeau,
Vous cachiez mieux vos fronts. Ce costume nouveau,
Tel que je le voudrais, serait moins immodeste......
In nomine patris..... Dites, toutes, le reste.

ÉPIGRAMME.

Un malheureux entra chez un apothicaire
Non pour acheter un clystère,
Mais bien pour lui vendre des vers (1).

« Je ne les trouve pas trop chers ;
Mais je n'en ai pas fantaisie. »

C'étaient des vers de poésie !.....

Lecteur, au moins, ce grain de sel
N'est point pour faire de L'EAU-SEL !!!

(1) Il en faut de tant d'espèces, aux pharmaciens !

QUATRIÈME SERMON.

Sur le Mariage.

AUX DEMOISELLES.

Loin de vous faire un crime, aimables Demoiselles,
De votre empressement à savoir les nouvelles,
Je vous approuve fort si, dans quelque maison,
Entendant chuchoter sur mon dernier sermon,
D'une oreille aussitôt curieuse, attentive,
Vous avez bien compris la raison positive
Qui me fait désirer de vous voir en chapeau.
Alors, pour vous surtout, s'échauffait mon cerveau,
Quand je parlais des fronts découverts, immodestes,
Et de tous ces grands yeux au salut si funestes !!
Aujourd'hui de nouveau je viens prêcher pour vous ;
Car, pour votre bonheur, fallût-il, à genoux,

Débiter mes sermons durant toute l'année,
Constant, je remplirais ma tâche fortunée !
Bien que j'aie à traiter un sujet délicat,
Vous verrez aujourd'hui que, sans être avocat,
Fort de parler pour vous, dans une sainte cause,
Sous un jour tout nouveau représentant la chose,
Je m'en vais vous gagner ce deuxième procès.
Priez en attendant pour un entier succès.
Il faut que vous sachiez, aimables Demoiselles,
Que quelques jeunes gens, en vous voyant si belles,
Font passer le vain bruit que plusieurs d'entre vous,
Croyant avoir plus tôt un amant, un époux,
Veulent mettre chapeau pour être grandes Dames.
Je repousse avec vous ces sottes épigrammes.
Mais, cela fût-il vrai, vous ne pècheriez pas,
Si vous vouliez user de semblables appâts,
Dans le but de remplir la volonté divine.
C'est à vous de savoir l'esprit qui vous domine.
Croissez, *multipliez*, dit le bon Dieu jadis
A notre père Adam, dans son bas Paradis ;
Et vous savez comment Ève lui fut offerte.....
Oui, mais la terre encor était partout déserte.
Si nos premiers parents se promenaient tout nus,
Depuis lors ces plaisirs ont été défendus :
Cet usage aujourd'hui serait des plus funestes !...

Voilà pourquoi l'on veut que vous soyiez modestes,
Que, loin de voir en vous une charnelle ardeur,
On lise sur vos fronts une chaste pudeur.
  Voyez de Rebecca la modestie extrême :
De loin a-t-elle vu le jeune homme qu'elle aime,
Que vite elle descend du haut de son chameau,
Et se couvre aussitôt de son ample manteau.
Cependant d'Isaac elle allait être femme !
  Ainsi devrait agir toute chrétienne dame.
De son futur époux stimulant le désir,
Bien plus prompt et plus vif en serait le plaisir !
  Soyez donc désormais plus décemment coiffées :
Dans vos ajustements soyez plus réservées.
Croyez-vous captiver le cœur des jeunes gens
Par des appâts trompeurs, par des airs indécents ?
Croyez-vous à vos pieds avoir des idolâtres ?
Bannissez ces pensers de vos têtes folâtres !
Au contraire : je sais ce qu'ils pensent de vous ;
Pas un d'eux ne voudrait être jamais l'époux
De celle qui, croyant paraître plus charmante,
Serrerait sur ses reins son écharpe élégante ;
Et qui, pour grossir tout et derrière et devant,
Mettrait ces polissons, ce coton décevant !!!
  Eh ! qu'arriverait-il quand, détachant vos robes,
Le soir de votre hymen, au lieu de fermes globes,

L'époux, impatient, jaloux du positif,
Étonné, ne verrait partout que du fictif?
J'ai même entendu dire à quelques jeunes drôles,
Que vous laissiez tomber le fichu des épaules
Pour montrer votre taille et votre lisse dos,
Dont l'ouate a comblé les creux entre les os.
Et qu'une d'entre vous, dans son étroite manche,
Pour montrer son beau bras, affecte le dimanche,
De le lever en l'air pour ranger son chapeau;
Et que, pour étaler l'albâtre de sa peau,
Elle couvre à demi, de gaze transparente,
Ses épaules, son sein, sa gorge palpitante!
Croyez que les Messieurs, aujourd'hui trop rusés,
Par tous ces vains appâts ne sont point abusés;
Que si vous voulez faire une honnête conquête,
Il faut que vous soyiez modeste, moins coquette.
Voulez-vous, sur vos pas, voir maint adorateur,
Ornez mieux votre esprit, parez mieux votre cœur.
Remplissez vos loisirs d'une bonne lecture;
Que les mauvais romans ne soient point la pâture
Dont votre âme toujours brûle de s'assouvir.
A quoi ces contes vains pourraient-ils vous servir?
Ils corrompent les cœurs, ils exaltent les têtes,
Et portent bien souvent aux choses déshonnêtes.
Que d'amantes, hélas! que d'amants malheureux

Ont perdus ces romans, ces contes dangereux !
Occupez-vous plutôt d'affaire de ménage ;
Ayez toujours en main quelque petit ouvrage.
Si du papa, chez vous, viennent quelques amis,
Un riche voyageur, ou le simple commis,
Qu'ils ne vous trouvent point dans un honteux désordre ;
Que de la tête aux pieds tout sur vous soit en ordre.
Croyez-moi, redoutez les médisants discours,
Qu'après, dans tout pays, l'on augmente toujours.
N'allez pas me traiter de critique sévère !
Je ne suis entre vous qu'un intermédiaire
Qui désire ardemment vous voir tous amoureux,
Surtout ces jeunes gens que vous rendriez heureux,
Si leur cœur, bien trop froid, devenait plus sensible.
Demoiselles, croyez ce prodige possible ;
Suivez mes bons conseils, écoutez mes avis,
Et vous ne manquerez ni d'amants ni d'amis.
Mais il ne suffit pas, pour gagner cette cause,
De ne parler qu'à vous. Plus tard je me propose
De faire un long sermon à ces Messieurs si froids.
Je veux les échauffer des pieds au bout des doigts.
Vous serez tous contents ; oui, je vous le proteste
In nomine Patris.... Vous direz tous le reste.

FABLE II.

L'École du village.

Dans une école secondaire,
Des élèves étant venus
Un peu plus tôt qu'à l'ordinaire,
Avant que tous fussent rendus,
On entendit un grand tapage.
Le maître, selon son usage,
Était allé chez le docteur,
Son bon ami, son protecteur.
Cependant la troupe folâtre
Remplit la classe de grands cris.
En lisant dans les manuscrits.
Plusieurs, à force de débattre,
Portent les autres à se battre.
Certains, pour les réprimander,
Courent pour saisir la férule,
Dans le désir de commander.

Mais l'heure sonne à la pendule !
Le maître quitte le docteur ,
Et va tout droit à son école (1).
Un petit de la troupe folle
S'écrie : Eh ! chut ! l'instituteur !!
Il entra donc , et sa présence
Rétablit l'ordre et le silence.

L'univers obéit à la divine loi
Partout il faut un chef, à chaque peuple un roi (2).

---

(1) Jadis un maître (d'un genre différent) quitta l'Égypte pour rétablir l'ordre dans notre pauvre France. Il y régnerait peut-être encore , s'il n'en était plus sorti.

(2) Que ce soit un roi , un empereur , un consul , un dictateur , il faut toujours un *gouvernant*.

FABLE III.

Le conseil de la bonne maman.

Le vrai bonheur
Est au fond d'un bon cœur.

Voulant faire un bon mariage,
Afin de faire un bon ménage,
Un avocat, après mûr examen,
Avant de s'engager dans l'éternel hymen,
Entre deux sœurs avait pris la moins belle.

Un jeune et galant chevalier,
Tout surpris à cette nouvelle,
Disait de ce ton cavalier :
« Moi, j'aurais pris la plus jolie ! »
« — Vous auriez fait une folie,
» Répliqua sa bonne maman :
» La beauté du visage est un faux talisman.

» Quand vous voudrez vous choisir une femme,
» Examinez la beauté de son âme. »

ÉPITRE

au Docteur ***.

Docteur, le plus grand mal qui désole la terre,
Tu le sais, ce n'est point le fléau de la guerre,
Ce foudre meurtrier, ce feu dévastateur :
Il en est un plus grand : c'est l'éternel auteur
De tant de maux divers, de forfaits et de crimes
Dont les peuples toujours sont les tristes victimes ;
C'est cette hydre aux sept cous sans cesse dévorants,
Ce symbole parfait des inhumains tyrans !
Ai-je besoin, docteur, après ce clair indice,
De dire encore un mot, de nommer l'avarice !
A peine trois mortels sont-ils sur l'univers,
Que ce monstre jaloux, s'échappant des enfers,
Souffle au méchant Caïn son esprit homicide,
Et l'univers rougit du premier fratricide !
S'il eût offert à Dieu ses meilleurs fruits, son miel,

S'il eût levé surtout un cœur pur vers le ciel.
L'Éternel satisfait de son saint sacrifice,
L'eût rendu sourd aux cris de l'esprit de malice
Qui demeurant confus, fuyant de désespoir,
A jamais eût resté dans son royaume noir.
Mais fier d'avoir produit le cruel homicide,
Il enfante plus tard l'atroce déicide !!
Après avoir plongé l'univers dans l'erreur,
Il vient l'ensevelir dans une nuit d'horreur,
Le soleil en plein jour refusant sa lumière,
Quand l'homme-Dieu mourant a fermé la paupière !
  Depuis lors et toujours combien d'autres Judas
Cet esprit infernal ne fascine-t-il pas,
Par l'éclat de son or, contre toute justice ?
Ah ! combien ce démon, que l'on nomme avarice,
Aveugle de mortels, endurcit de chrétiens,
Qui mettent leur bonheur à ramasser des biens,
A grossir leur trésor, à doubler leurs richesses !
Encore aux malheureux s'ils faisaient des largesses,
Ils auraient une excuse au jour du jugement ;
Ils pourraient éviter l'éternel châtiment.
Mais que répondront-ils, en ce jour de vengeance,
Eux qui voyaient gémir, souffrir dans l'indigence
Leurs frères malheureux, dévorés par la faim,
Mourant avant le temps, faute d'un peu de pain ?

Après avoir parlé de la dure avarice,
Démon de tant de mal et de tant d'injustice,
De cette hydre aux sept cous béants d'avidité,
Qu'il est doux de louer la tendre Charité !
Ah ! celle-ci ressemble à la mère féconde
Qui nourrit ses enfants du lait dont elle abonde ;
A ce fleuve fameux qui, déversant ses eaux
Dans les champs altérés, par cent divers canaux
Au peuple Égyptien va porter l'abondance !
O vous tous, malheureux ! pour vous la Providence
Créa des cœurs, des mains, d'où découlent toujours
Les consolations et cent autres secours.
De tes nombreux enfants, dis-moi, divine mère,
Quels sont les plus heureux, ceux dont le ministère
Donne le plus souvent la sainte faculté
De répandre tes dons ? Réponds-moi, Charité.
Les prêtres du très-haut, tes enfants, tes apôtres,
Ne peuvent-ils pas mieux, plus souvent que les autres,
Déverser dans les cœurs la consolation,
Soulager l'indigence ? O belle mission !
Bienheureux les mortels au cœur bon et sensible
Pour qui le Sanctuaire est ouvert, accessible !
Si de l'heureux sentier je me suis dévié,
Mon cœur plein de regret l'a toujours envié.
Mais dans d'autres états, moins grands en apparence,

N'est-il pas cent moyens de calmer la souffrance,
D'apaiser la douleur, d'adoucir tous les maux ?
Voyez ces bonnes sœurs, dans d'humbles hôpitaux,
Prodiguer, nuit et jour, à tant de misérables
Des soins toujours nouveaux, toujours plus charitables,
Ajouter au secours purement corporel,
Un secours plus sublime, un tout spirituel :
Un mot, un geste seul de ces pieuses dames
Rétablit le repos, le calme dans les âmes.
Combien de malheureux, loin du pays natal,
Sans parents, sans amis, pour adoucir leur mal,
Retrouvent, dans ces sœurs, non des amis, des frères,
Mais le cœur et les soins de charitables mères !
Infortunés guerriers, voyageurs malheureux,
Rappelez-vous un peu l'état si douloureux
Où vous avaient réduits les foudres de la guerre,
Ou quelqu'un de ces maux qui désolent la terre ;
Et dites-nous après si, parmi les humains,
Il est d'autres heureux qui, du cœur et des mains,
Plus que ces bonnes sœurs soulagent la souffrance.
Ah ! combien de mortels souffrent dans l'indigence !
   Pour le savoir au sûr, suivez ce bon docteur
Que vous voyez toujours, sérieux et rêveur,
Courir de tous côtés dans la ville de Cette.
Qui croirait méchamment qu'il pense à la recette.

Que lui procureraient ses charitables soins,
Serait bien détrompé par cent pauvres témoins
Auxquels, gratuitement, il va faire visite.
S'il est souvent rêveur, c'est qu'alors il médite
Sur l'état dangereux de quelque infortuné,
Même de ses parents peut-être abandonné!
Toi, malheureux, dis-nous, en des mots énergiques,
S'il est des cœurs meilleurs et plus philanthropiques,
Que celui du docteur qui, dans ton galetas,
Où, dénué de tout, tu t'éteignais hélas!
Apportant à ton mal le baume salutaire
Et par les prompts secours d'un savant ministère,
Et par ses pieux dons et mainte autre bonté,
Il t'a rendu la vie et donné la santé.
— « Oh! de ce bon docteur, enfant de notre ville,
Le modèle parfait n'est que dans l'Évangile :
C'est le pieux passant, le bon Samaritain
Qui trouve à demi-mort, dans un chemin lointain,
Le pauvre voyageur couvert de meurtrissures.
Le prêtre et le lévite avaient vu ses blessures,
Mais nullement touchés d'un état si piteux,
Ils le voient froidement, passent outre tous deux.
Le bon Samaritain verse son vin, son huile,
Sur le corps tout meurtri du voyageur débile,
Le met sur son cheval, le dépose à l'hôtel.

Où tout est prodigué pour ce pauvre mortel.
Si le divin auteur de cette parabole
Ressuscitait les morts d'une seule parole,
Tu fais bien plus, docteur : par un art merveilleux,
Commandant puissamment au système nerveux,
Tu nous anéantis pour nous rendre à la vie (1) !
De tous les saints états, le plus digne d'envie,
Le plus beau c'est celui qui te rend si rêveur,
C'est cet état divin, où, comme le sauveur,
Tu sais si bien calmer, adoucir la souffrance,
Procurer à la mère heureuse délivrance,
Donner de la vigueur à l'époux épuisé,
La vertu, la sagesse, au fils mal avisé;
Au sexe malheureux, aux mortels de tout âge,
Inspirer de l'espoir, de la foi, du courage,
Enfin, ami docteur, pour tout dire en deux mots,
Appliquer un remède à tous nos divers maux.
Ce n'est pas trop d'encens à ton cœur si modeste;
Mais je m'arrête ici : d'autres diront le reste.

---

(1) Cela doit s'entendre dans un sens figuré, et l'on voit bien que je veux parler du magnétisme.

FABLE IV.

L'Égoïste.

Un filleul bon, reconnaissant, honnête,
Doit tous les ans porter à son parrain
Un beau bouquet, la veille de sa fête,
Comme faisait le petit Duperin.

Pour prix de sa reconnaissance,
Un cornet de bonbons contentait le filleul.
Son parrain lui disait : « ne les mangez pas seul,
Donnez-en quelques-uns à votre sœur Constance. »
Mais Duperin, d'abord assez gourmand,
Avait un vice encore bien plus grand,
Celui qu'on appelle *égoïsme*.
Banni jadis, dans le christianisme,
C'est aujourd'hui l'idole adorée en tous lieux
Des grands et des petits, des jeunes et des vieux (1).

---

(1) Il n'est pas règle sans exception.

Du filleul toutefois continuons l'histoire.
Au fond de sa petite armoire,
Dans un panier, il cachait ses bonbons;
Jamais sa sœur ne sut s'ils étaient bons.
Mais si Constance avait quelques dragées,
Dans deux papiers aussitôt arrangées,
Son petit frère en avait la moitié.
Est-il rien de plus doux qu'une tendre amitié?
Si Duperin fit le contraire,
C'est qu'il était un mauvais frère.
Mais il fut bien fâché
De son double péché!
Voici qu'un jour on lui donna des pêches
Bien mûres et bien fraîches.
Notre petit accapareur,
Au lieu d'en donner à sa sœur,
Fut les cacher dans sa petite armoire,
Sur ses bonbons qu'il eut soin de goûter.
Ces fruits, dans peu, vinrent à se gâter,
Et, comme vous pouvez le croire,
Les bonbons sous ces fruits furent bientôt fondus.
Que de biens entassés ainsi se sont perdus!

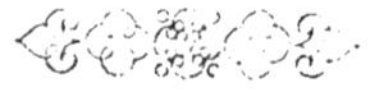

CINQUIÈME SERMON.

Sur l'Amour conjugal.

AUX FEMMES.

Dernièrement, je crois vous avoir dit, Mesdames,
Qu'il n'est rien sous le ciel que n'obtiennent les femmes ;
Et vous vous souvenez de ce que je vous dis.
Mais voudriez-vous entrer seules en Paradis,
Et savoir vos époux dans l'éternel supplice,
Pour s'être abandonnés à quelque infâme vice ?
Mesdames, doucement ! ne vous allarmez pas :
Je n'entends vous parler que de joyeux repas,
Quand le dimanche au soir, aux rustiques guinguettes,
Que, dans votre pays, on nomme baraquettes,

Vos époux rassemblés par six, par huit, par dix,
Pensent-ils à gagner l'éternel paradis ?
Et quittant froidement leur fidèle compagne,
Quand ils grimpent, tout seuls, au haut de la montagne,
Et qu'ils foulent aux pieds et la ville et la mer,
Vous ne sauriez penser qu'ils vont droit à l'enfer !
Mesdames, comme vous, je me bornais à croire
Qu'assemblés seulement pour manger et pour boire,
Il n'était question, dans ces joyeux festins,
Que de quelques bons mets et de quelques bons vins ;
Et je pensais, dès lors, que c'était l'avantage
Des femmes, des maris et de tout le ménage :
Car loin de ces tripots et de ces autres lieux
Dangereux ou suspects, toujours dispendieux,
Vos époux, à l'abri de tout bruyant reproche,
Revenaient le cœur pur et l'argent dans la poche.....
Je le croyais ainsi ; mais, *errat qui putat* !
Je passe lestement sur ce point délicat ;
Et si des bruits fâcheux sur ces joyeuses veilles,
Mesdames, depuis lors ont souillé mes oreilles,
Je veux encor penser que ce sont de faux bruits.
  Qu'ils n'amènent jamais de ces pénibles nuits,
Où les soupçons cruels, la froide jalousie,
Frapperaient tous vos sens d'une paralysie !
Mesdames, au contraire, envers vos bons époux,

Montrez des airs sereins, des sourires plus doux;
Et captivant ainsi leur esprit et leur âme,
Vous les préserverez de toute impure flamme.
Je me rappelle un fait que l'on m'a raconté,
Et qui peut bien ici vous être rapporté :
Une dame savait son époux infidèle ;
(Et, certes, cette dame était aimable et belle.)
Elle savait aussi que l'objet odieux
Qu'adorait en secret l'époux capricieux,
N'avait rien d'attrayant dans sa pâle figure,
Rien d'élégant non plus dans sa rude tournure ;
Dans son âme énervée aucune qualité,
Dans son esprit, enfin, qu'orgueil et vanité ;
Que sa bouche toujours, vomissant des sottises,
Ne savait que happer bonbons et friandises ;
Qu'au lieu d'un amour pur, dont bat un chaste cœur,
Il ne pouvait trouver qu'une brutale ardeur
Qui s'exhale du sein d'une impudique femme ;
Semblable à ce volcan, dont l'infernale flamme,
Le bitume, le soufre, en fleuves dévorants,
Désolent les hameaux, les villes et les champs.
Quelle juste raison, pour une bonne épouse,
Dans ce pénible état de se montrer jalouse !
C'est capable, en effet, de vous faire enrager,
D'irriter votre esprit au point de vous venger.

Mais n'allez pas si loin, ne partez pas si vite;
Et profitez plutôt de la sage conduite
De celle que je dois louer dans ce sermon.
Quand son mari, poussé par cet impur démon,
Avant d'aller trouver son infâme Lisette,
Seul, dans sa garde-robe, allait faire toilette,
Elle y rentrait aussi, sans montrer de dépit;
Lui peignait ses cheveux, lui brossait son habit.
Ajoutant à ces soins quelque adroite caresse,
Pour échauffer son cœur, exciter sa tendresse;
Pour tout dire, en deux mots, il ne pouvait partir,
Sans être fatigué, las de se divertir...
C'est un service saint, d'après le grand apôtre,
Que deux époux toujours se doivent l'un à l'autre.
Et malheur à celui qui s'y refuserait!
Jamais honnête femme au mal s'exposerait,
Mais... mais, pour prévenir ce scandaleux désordre
Que votre époux toujours se conforme à cet ordre.
Croyez-vous qu'un mari, d'amour rassasié,
A commettre le mal après soit disposé?
Mesdames, imitez cette épouse amoureuse.
Le mari fût-il froid, la femme vertueuse
Doit trouver le moyen de captiver son cœur,
Pour apaiser, au moins, toute infidèle ardeur.
Je ne crois pas pourtant que, dans les baraquettes,

Vos époux réunis adorent des Lisettes :
Non : ils redoutent trop les langues qui toujours
Trahissent le secret des coupables amours :
Sans sujet, bien souvent, elles sont si mauvaises !
Non : leurs idoles sont les sveltes bordelaises,
La dame-jeanne au coin, pleine d'un jus divin
De Saint-George, Pignan, Cournon, ou Montbazin,
Mèze, Poussan, Gigean, Fabrègues, Lavérune,
Frontignan, Balaruc, ou d'une autre commune.
Mais voici le conseil que je dois vous donner :
Obtenez que là-haut ils veuillent vous mener.
Si chacun d'eux enfin complaisant vous exauce,
Outre qu'au bout des doigts ils lècheront la sauce,
Ils n'auront plus le soin de faire leur *fricot*.
De se rôtir tout vif, en payant son écot,
Un dimanche surtout, ce n'est pas agréable !
De plus, il faut quitter cinq ou six fois la table :
Car il manque souvent, soit du vin, soit de l'eau,
Puis une autre cuiller, puis un autre couteau ;
Et puis, pour découper, il manque une fourchette,
Pour mettre les quartiers il faut une autre assiette ;
Et sans entrer ici dans un plus long détail
Des soucis, des tracas, et de tout le travail
Que toujours nécessite une telle cuisine,
Dans une baraquette, une étroite cassine

Mesdames, vos époux auraient double plaisir,
Quand le joyeux Comus inspire ce désir,
Qui fait tant regretter votre douce présence !
Combien, dans les festins, dure est cette abstinence !
Et vous verrez qu'alors, épris de vos appas,
Chacun d'eux, complaisant, viendra baiser vos pas.
S'égarant avec vous dans la sombre campagne,
Heureux de vous avoir pour unique compagne !
Mesdames, le bon Dieu, votre seul espion,
Avec plaisir verra cette sainte union
Qu'à nos premiers parents il commanda lui-même ;
Et contentant ainsi votre maître suprême,
Vous aurez le bonheur d'avoir en Paradis,
Assis à vos côtés, vos fidèles maris,
Durant l'éternité, sans aucune conteste.
In nomine Patris.... Ajoutez-y le reste.

COMPLAINTE

de deux Garçons d'hôtel,

AUX BAIGNEUSES.

Sur l'air : *Adiou pàoudé Carnabal.*

1.

N'est-ce pas une injustice
De nous enfermer ici ?
Qui croyait que la police
Pourrait nous traiter ainsi ?

Refrain.

Intéressantes baigneuses,
Demandez notre pardon ;
Comme nous, soyez soigneuses :
Tirez-nous de la prison.

2.

Presqu'au bout de la jetée,
Nous nous étions éloignés ;

Nous étions hors de portée
Quand nous nous sommes baignés.
Intéressantes, etc.

3.

Nous n'avions pu voir l'affiche :
Nous étions dans nos hôtels
Comme les saints, dans la niche,
Plantés sur les saints autels.
Intéressantes, etc.

4.

Auteurs de notre disgrâce,
Baigneuses, pour vous servir,
Demandez donc notre grâce ;
D'ici faites-nous sortir.
Intéressantes, etc.

5.

Désormais loin, sur la plage,
Du côté de Frontignan,
Se jetteront à la nage,
Les garçons Michel et Jean.
Intéressantes, etc.

SIXIÈME SERMON.

Sur la Prudence.

AUX MARIS.

A vos femmes, Messieurs, si je fis l'autre jour,
Sans vous en prévenir, un sermon sur l'amour,
Certes ce ne fut point pour les rendre jalouses.
Qu'à jamais le bon Dieu préserve vos épouses
De ce chagrin démon, de ce long ver rongeur
Qui renverse l'esprit et dévore le cœur !
Messieurs, je me permis cette courte harangue,
D'abord pour mettre un frein à toute impure langue :
Je leur conseillais donc de vous solliciter
De les prendre avec vous, quand vous allez monter
Vers le sommet Saint-Clair, aux chères baraquettes.
Je vous conseille aussi d'écouter leurs requêtes.

Si vous avez là-haut vos femmes avec vous,
Comment vous accuser d'un secret rendez-vous ?
Vous le savez, Messieurs, pour la paix du ménage,
Il faut que vos moitiés pensent que, sans partage,
Le cœur d'un bon époux, libre d'autre désir,
Dans leur cœur amoureux, trouve son seul plaisir.
Et puis, vous n'aurez plus cette peine cuisante
De faire vos soupers : la femme complaisante
Preparera bien mieux vos ragoûts, vos rôtis,
Pourra mieux contenter vos goûts, vos appétits.
Vos tables, de leurs mains, seront bien mieux servies,
Et vos réunions pourront être suivies
D'un bonheur respectif que je ne nomme pas,
Que vous désirez tant après un bon repas,
Quand le nectar divin, circulant dans votre âme,
Et d'un nouvel amour y rallumant la flamme,
Vous aimez, vous brûlez de la communiquer !
A ce fort argument pouvez-vous répliquer ?
Avec tant de chaleur, Messieurs, si je vous presse,
C'est qu'à vous voir heureux toujours je m'intéresse.
Quoi qu'en disent les sots, je n'ai point d'autre but
Que votre vrai bonheur, votre éternel salut :
Le poète boîteux met là toute sa gloire !
Qu'ils se le gravent bien dans leur dure mémoire.
Mon sermon se réduit à cet unique point :

Qu'on ne sépare pas ce que le bon Dieu joint.
Si, contre cette loi, vous péchez le dimanche,
Vos épouses, Messieurs, en ont bien la revanche,
Tous les lundis au soir, après votre dîner.
Seules, n'en doutez pas, elles vont badiner,
Jouer innocemment entre femmes et femmes,
Sans nourrir dans leur cœur de dangereuses flammes,
S'éloignant avec soin du sexe masculin.
Mais le démon, Messieurs, est si fin, si malin !
Dois-je vous rapporter une honteuse histoire
Dont un de vos amis a souillé ma mémoire ?
Je ne le ferais pas, si j'avais là présents
Vos pudiques moitiés, vos filles, vos enfants :
De tels récits jamais ils ne doivent entendre ;
Il ne convient qu'à vous, maris, de les apprendre,
Afin de prévenir tout fâcheux résultat.
Il s'agit donc, Messieurs, d'un horrible attentat
Qu'inspira Lucifer, cet esprit impudique,
Au criminel auteur de ce fait historique.
Le lundi, de bonne heure, accourant se cacher
Derrière une muraille, ou sous un creux rocher,
De là cet inspecteur, avec sa longue-vue,
Trouvait son grand plaisir à passer en revue,
Quand les dames montaient vers le sommet Saint-Clair....
Je ne sais toutefois s'il y voyait bien clair :

Mais n'aurait-il pu voir suivant sa fantaisie,
C'en était déjà trop, pour qu'une frénésie
S'emparant de l'esprit de l'ardent amateur,
Il n'allât bien plus loin que ne veut la pudeur.
Sans penser cependant qu'aucune de ces dames
Eût consenti jamais à ses désirs infâmes,
La prudence, Messieurs, doit vous faire un devoir
De les prendre avec vous chaque dimanche au soir,
Et vous-mêmes, armés d'une bonne lorgnette,
Examinez partout si personne ne guette.
Vous préviendrez ainsi tout pénible accident,
En y montant de jour, de nuit en descendant.
Voilà déjà, Messieurs, un bien grand avantage
Que vous pouvez tirer de ce conseil si sage :
Ne séparez jamais ce qu'a joint le Seigneur ;
Que deux époux toujours n'aient qu'une âme et qu'un cœur.
Mais en suivant ainsi le conseil de l'apôtre,
Outre cet agrément, vous en aurez un autre
Qui certes, selon moi, n'est pas moins important.
Vos femmes, le lundi, vous disent en partant :
Adieu, mon bon ami, nous viendrons de bonne heure.
Mais que de fois disant : oh ! comme elle demeure !
Vous soupirez le soir, attendant le souper !
Pensez-vous que Madame ait bien pu s'occuper
D'affaire de ménage et de votre cuisine ?

Arrivant qu'il est nuit, à l'auberge voisine,
Pour dix sous elle achète un rôti réchauffé
Pour vous et les enfants ; pour elle du café.
Incontinent, après pareille promenade,
Une dame souvent se sent un peu malade :
Le rustique goûter pèse sur l'estomac,
Et le pouls sous le doigt battant fait tic et tac.
Heureux si, dans la nuit, au lieu d'une caresse,
Au lieu de doux baisers, abattu de tristesse,
Infortuné mari, chagrin, déconcerté,
Vous n'êtes obligé de lui donner du thé !
Un mari complaisant pour sa femme chérie
Ne va point soupçonner une supercherie.
Il se hâte, inquiet, d'appeler du secours;
Au plus proche docteur il a d'abord recours,
Et revenant soudain hâletant, hors d'haleine,
Avec un front ridé par la crainte et la peine,
Pour la pauvre malade il est tout plein de soin,
Demande au médecin ce dont elle a besoin.
Faut-il aller chercher, chez un apothicaire,
Un léger vomitif, ou bien un doux clystère ;
Il part incontinent, prompt comme la vapeur,
Comme un conscrit fuyard emporté par la peur.
Ainsi toute la nuit veillant dans les alarmes,
Au purgatif mêlant quelques secrètes larmes,

Témoignage expressif de son sincère amour,
Il ne prend du repos que sur le point du jour,
Lorsque de tous ses soins, Madame importunée
Lui dit qu'il peut dormir toute la matinée.
Que de maris, hélas! inquiets, soucieux,
Trompés par ces dehors feints et fallacieux!
Je ne crois pas pourtant qu'employant l'artifice,
La vôtre vous oblige à ce pénible office,
Et que, trop fatiguée et ne pouvant dormir,
Elle passe son temps à se plaindre, à gémir.
Mais, encore une fois, agissez de prudence;
Et si vous ne voulez faire la pénitence,
Ne commettez jamais ce nuisible péché;
Qu'à sa femme toujours chacun reste attaché.
Suivant fidèlement ce précieux adage,
Vous jouirez en paix du second avantage
Dont j'ai voulu parler, savoir: que les lundis
Ne seront plus dès lors pour vous des vendredis:
Votre épouse toujours sera dispose et preste....
In nomine Patris. Vous savez bien le reste!

FABLE IV.

La chasse aux Loups.

Lorsque la neige a couvert les montagnes ,
Et que les loups , fondant sur les campagnes ,
Égorgeraient , dans les riches troupeaux ,
Et les brebis et leurs tendres agneaux ,
Les braconniers des hameaux , des villages ,
Pour prévenir ces horribles carnages ,
De bon matin , armés et réunis ,
Vont attaquer ces cruels ennemis.
La récompense est toujours accordée
A tout chasseur qui , par un heureux coup ,
Blesse , terrasse et fait périr un loup.
S'il satisfait à sa juste corvée ,
Il gagne encor sa bien bonne journée !

Dans un village , un mauvais citoyen
Trouvait toujours quelque nouveau moyen
De se soustraire à sa pénible tâche.
Monsieur le Maire , averti de ce fait ,
Ayant mandé l'inutile sujet :
« Un déserteur , lui dit-il , est un lâche !

» Quelle raison prétendez-vous avoir
» Pour ne remplir un si juste devoir ?
» Expliquez-vous, répondez sans chicane. »
— « Monsieur, dit-il, je n'ai qu'un petit âne.
» Vous qui paissez de si nombreux troupeaux,
» Vous armeriez villages et hameaux.
» Je donne au loup l'habit et la chaussure,
» Vous pouvez bien fournir la nourriture ! »
Le Maire enfin dit à ce campagnard :
Allez ! allez ! nous verrons ça plus tard. »
Vingt jours après, allant à la prairie,
Où son baudet, au piquet attaché,
Sans accident avait long-temps couché,
Il vit de loin un gros loup en furie
Sur son pauvre âne en sang, tout écorché.
Au village arrivant, le vilain égoïste,
Annonce par ses cris une perte si triste.
Le Maire alors lui dit : « Vous êtes libéral :
» Vous fournissez au loup l'habit et la chaussure
» Et, qui plus est, la nourriture !
» Vous aimez bien cet animal !! »

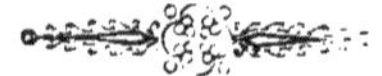

ÉPITRE

au vrai Docteur ***

SUR L'ENVIE.

Sur trente mille Dieux nés de l'idolâtrie,
Le plus hideux de tous c'est la maligne Envie.
Elle est représentée aux regards effarés,
Aux yeux creux, caverneux, flamboyants, égarés;
De couleuvres coiffée, aux traits pâles, livides,
Le visage flétri, sillonné par les rides,
Des vipères, une hydre en l'une et l'autre main,
Un horrible serpent qui lui ronge le sein.
Ce tableau, ce portrait hideux, épouvantable,
Fut sans doute calqué sur quelque misérable
Enfanté par un monstre ou vomi des enfers,

Pour porter la frayeur sur ce triste univers !
Sans doute, les moments de sa trop longue vie
Furent remplis des maux de la plus noire envie.
Je pense, vrai docteur, que, dans l'antiquité,
Quelque génie heureux, au cœur plein de bonté,
Pour ses nombreux bienfaits, chanté par un poète,
Dut de quelque envieux attirer sur sa tête,
Le sarcasme haineux, la persécution ;
Et le poète alors, par une fiction,
En traça le portrait dans la hideuse Envie.
Mais tu sais, vrai docteur, que c'est la jalousie
Qui d'un vain concurent allume le courroux.
Celui-ci doit porter de plus terribles coups !
Deux athlètes luttant dans la même carrière,
Aucun ne veut tomber honteux dans la poussière ;
Au lieu que l'envieux ressemble au spectateur
Qui ne voit qu'avec peine un étranger vainqueur.
Ainsi le combattant, avec plus de courage,
Doit braver du jaloux les efforts et la rage,
Afin de mériter les applaudissements
De tous les curieux, dans ces amusements.
Puis le poète est là pour célébrer la gloire
Du vainqueur couronné des mains de la victoire.
Mais ceci, vrai docteur, est bon pour le discours :
Tu n'as pas à lutter dans un savant concours.

Si tu n'es à couvert de la chagrine envie,
Tu seras au-dessus de toute jalousie.
Toujours de ton bon cœur l'ardente charité
Confondra la sottise et l'inhumanité
Du méchant qui, jaloux des accents du poète,
Voudrait fermer sa bouche et la rendre muette.
Ma plume pour les bons distille son pur miel;
Mais sur tous les méchants elle crache le fiel.
Elle sera toujours naïve, véridique,
Agréable aux premiers, pour ceux-ci satirique.
J'avertis tout d'abord, dans mon premier sermon,
Que tous ceux qui feraient pacte avec le démon,
Entendraient aussitôt ma voix forte et sonore.
Ce que je dis alors, je le répète encore.
Nous savons ce que peut un jaloux acharné;
Mais, pourrait-il venir un vrai diable incarné,
Je n'aurais pas besoin d'employer l'eau bénite;
Je pourrais me passer de prêtre et d'acolyte :
Les saints les plus puissants de ce beau paradis
Culbuteraient ce diable au pays des maudits !
Laissons donc le jaloux, haletant dans sa rage,
Courir en vomissant le sarcasme et l'outrage.
Qu'il lance dans les airs ses horribles serpents.
Nous nous moquons bien d'eux et de leurs sifflements.
Que, dans sa main, cette hydre aux sept béantes têtes

Jette des cris affreux ! Ces malignes trompettes,
Bien loin d'intimider, animent le vainqueur
Contre un lâche ennemi sans bravoure et sans cœur.
Que, dans son autre main, ses horribles vipères
Nous menacent de loin de leurs dents mortifères,
Bien que nous avancions tous deux clopin-clopants,
Nous marcherons toujours, malgré tous ses serpents:
Mon talon pourrait-il sentir quelque blessure,
La guérison, docteur, en serait prompte et sûre.
Mais non : le seul blessé sera cet envieux.
Que le brûlant serpent, sur son sein furieux,
Nous venge nuit et jour de son brutal outrage !
Sans cesse dévoré, qu'il crie et qu'il enrage !
  Pour nous, continuons nos utiles travaux.
Toi, vrai docteur, toujours guérissant mille maux,
Goûte le doux plaisir, le bonheur véritable,
De faire un peu de bien au pauvre, ton semblable ;
Porte de tous côtés la consolation,
Soulage des mortels la désolation,
Lorsque du Tout-Puissant la volonté suprême
Sépare un tendre époux de l'épouse qui l'aime,
La fille d'une mère, et le père d'un fils,
Les parents des parents, les amis des amis.
En deux mots, vrai docteur, dans ton saint ministère,
De tous les malheureux sois toujours le bon père.

Le soir, te rappelant quelque nouveau bienfait,
Au fond de ton bon cœur, content et satisfait,
Tu sentiras le prix de ta pleine journée.
 Et moi, suivant toujours ma haute destinée,
Quelquefois échauffé par un divin rayon,
Empruntant des neuf sœurs la lyre et le crayon,
Des humains bienfaisants je tracerai l'histoire,
Et des pieux docteurs je chanterai la gloire.
 Souvent prenant le fouet des mains de Némésis,
Après tous les méchants ennemis de Thémis,
On me verra courir sans repos, sans relâche.
Pour un faible boîteux, pénible est cette tâche !
Mais n'importe : toujours fidèle à mon devoir,
Serais-je de fatigue obligé de m'asseoir,
Soudain me relevant avec plus de courage,
Malgré du faux docteur l'insultant clabaudage,
Je reprendrais ma course, et contre le méchant
Prompt je me lancerais, vif comme un chien-couchant,
Non pour le mordre aux pieds, ainsi que fait la bête,
Mais bien pour lui crier, à lui rompre la tête :
Arrête, malheureux ! ne commets plus le mal,
Et ne ressemble pas au féroce animal
Qui, voyant sans pitié dans le malheur son frère,
Le traite indignement, insulte à sa misère !
Mais imite plutôt le bon, le vrai docteur :

Lui, du pauvre innocent est le grand protecteur.
Si quelque être inhumain ose lui faire injure,
Des deux mains promptement il ferme sa blessure.
Que n'es-tu, bon docteur, mon plus proche voisin !
Tu ne me croirais pas un *insigne assassin !!*
J'aimerais de te voir au travers de ta vitre,
Après tous tes travaux, répondre à mon épître.
Oh ! bien certainement, de devant ton bureau,
Tu ne m'enverrais pas *à mon natal hameau*,
Reboucher un pertuis où se glisse la bise,
Étriller un cheval ou balayer l'église,
Décrotter des souliers, semer des cornichons,
Ramasser des crottins ou garder des cochons.
Tu sais bien, vrai docteur, qu'un pareil ministère
Ne convient nullement à notre caractère :
Si jadis Apollon a gardé des troupeaux,
Tu sais qu'ils n'étaient pas de ces vils animaux
Dont l'impur nom salit cette vilaine page
De notre faux docteur, insolent comme un page.
Comme il est différent du bon samaritain !
Mais que ce sale intrus soit blanc, noir ou châtain,
Il ne passera point pour mon docteur habile....
L'*odorant encensoir* échauffait-il sa bile ?
Que mes nouveaux encents n'allument son courroux.
Ils ne s'exhaleront que pour un docteur ROUX.

FABLE V.

Le Milan.

Un pauvre merle estropié,
Tout déplumé par des oiseaux de proie,
Dans un noir galetas s'était réfugié.
Le malheureux, pour inspirer la joie
A plusieurs autres bons oiseaux,
Chardonnerets, canaris et moineaux,
Gémissant comme lui dans un dur esclavage,
Leur sifflait son bruyant ramage,
Articulant deux ou trois mots
Que les bons pasteurs du village
Avaient répétés mille fois
Dans la prairie et dans le bois.
Les bons oiseaux, de peur que quelque rhume
N'enrouât le pauvre siffleur,
S'arrachant mainte et mainte plume,
Le paraient de toute couleur.

Mais un milan, autre oiseau de rapine,
Animal à l'humeur chagrine,
Jaloux de voir le merle bigarré,
Se promener au fond d'une ravine
Content, reluisant, bien paré,
Avait déjà tout déchiré
L'œuvre des charitables frères,
A coups de bec, avec ses serres (1),
Quand le siffleur gagna son galetas,
En répétant : hélas ! hélas ! hélas !

Charitables lecteurs, que de mortels voraces,
Plus durs, plus inhumains que ces méchantes races !

(1) Comme il y a peu d'oiseaux qui ne puissent lui échapper, il ne trouve, pour ainsi dire, sa subsistance que dans les victimes que le hasard lui amène ; et on doit le considérer comme un brigand artificieux et sans miséricorde. Malheur à l'oiseau blessé, ou au *poulet* égaré du sein de sa mère : le milan ne leur ferait point grâce. La faim le réduit quelquefois à des actes de désespoir..........
(*Histoire des animaux, etc.*, par J. JOUBERT.)

www.ingramcontent.com/pod-product-compliance
Ingram Content Group UK Ltd.
Pitfield, Milton Keynes, MK11 3LW, UK
UKHW020416180726
13839UKWH00003B/1328